LOS NIÑOS Y LA CIENCIA

Los ciclos de vida

Las tortugas marinas

Aaron Carr

www.av2books.com

Visita nuestro sitio www.av2books.com e ingresa el código único del libro.
Go to www.av2books.com, and enter this book's unique code.

CÓDIGO DEL LIBRO
BOOK CODE

E847524

AV² de Weigl te ofrece enriquecidos libros electrónicos que favorecen el aprendizaje activo.
AV² by Weigl brings you media enhanced books that support active learning.

El enriquecido libro electrónico AV² te ofrece una experiencia bilingüe completa entre el inglés y el español para aprender el vocabulario de los dos idiomas.
This AV² media enhanced book gives you a fully bilingual experience between English and Spanish to learn the vocabulary of both languages.

Spanish

English

Navegación bilingüe AV²
AV² Bilingual Navigation

LOS NIÑOS Y LA CIENCIA
Los ciclos de vida

Las tortugas marinas

ÍNDICE

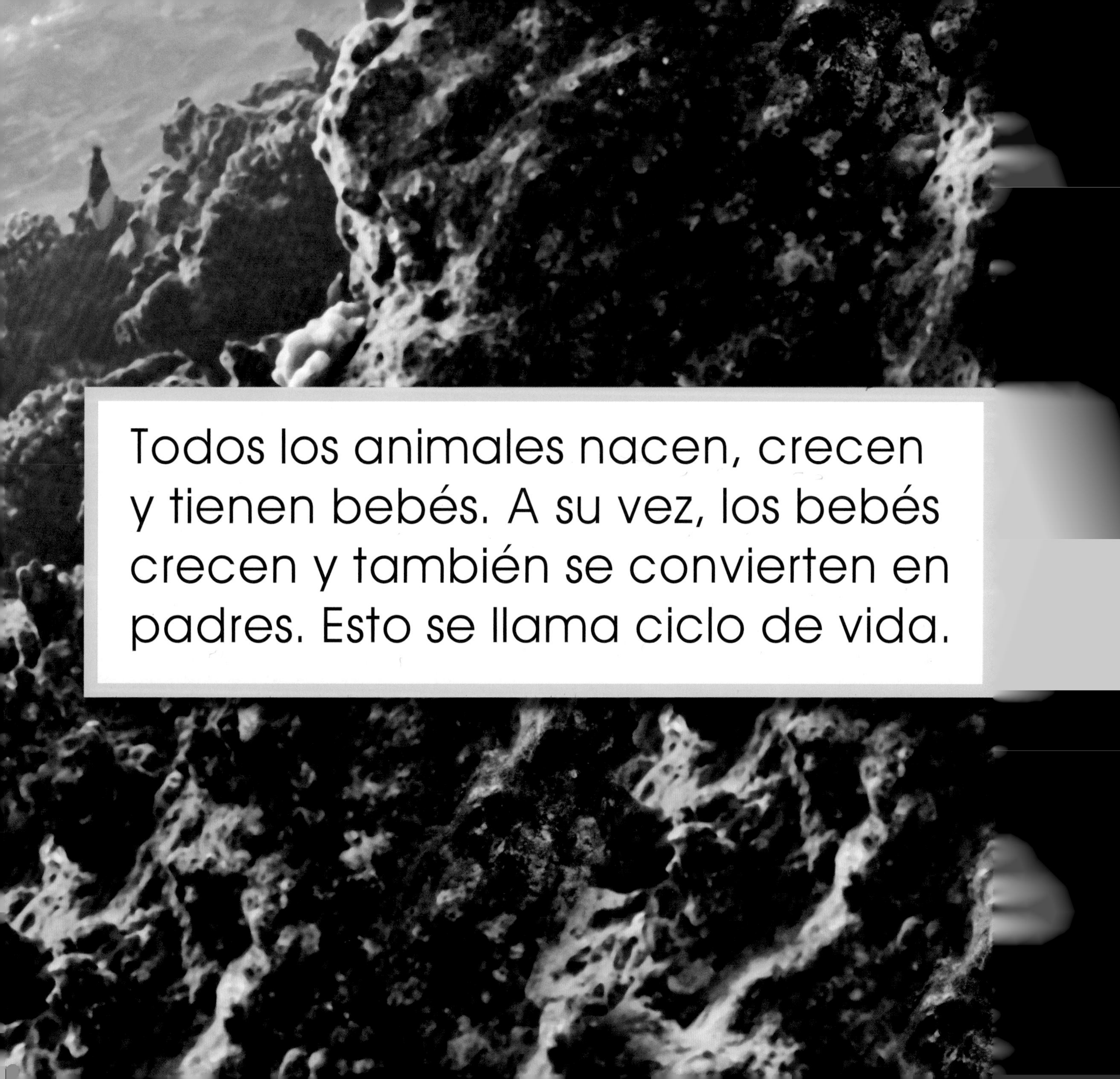

Todos los animales nacen, crecen y tienen bebés. A su vez, los bebés crecen y también se convierten en padres. Esto se llama ciclo de vida.

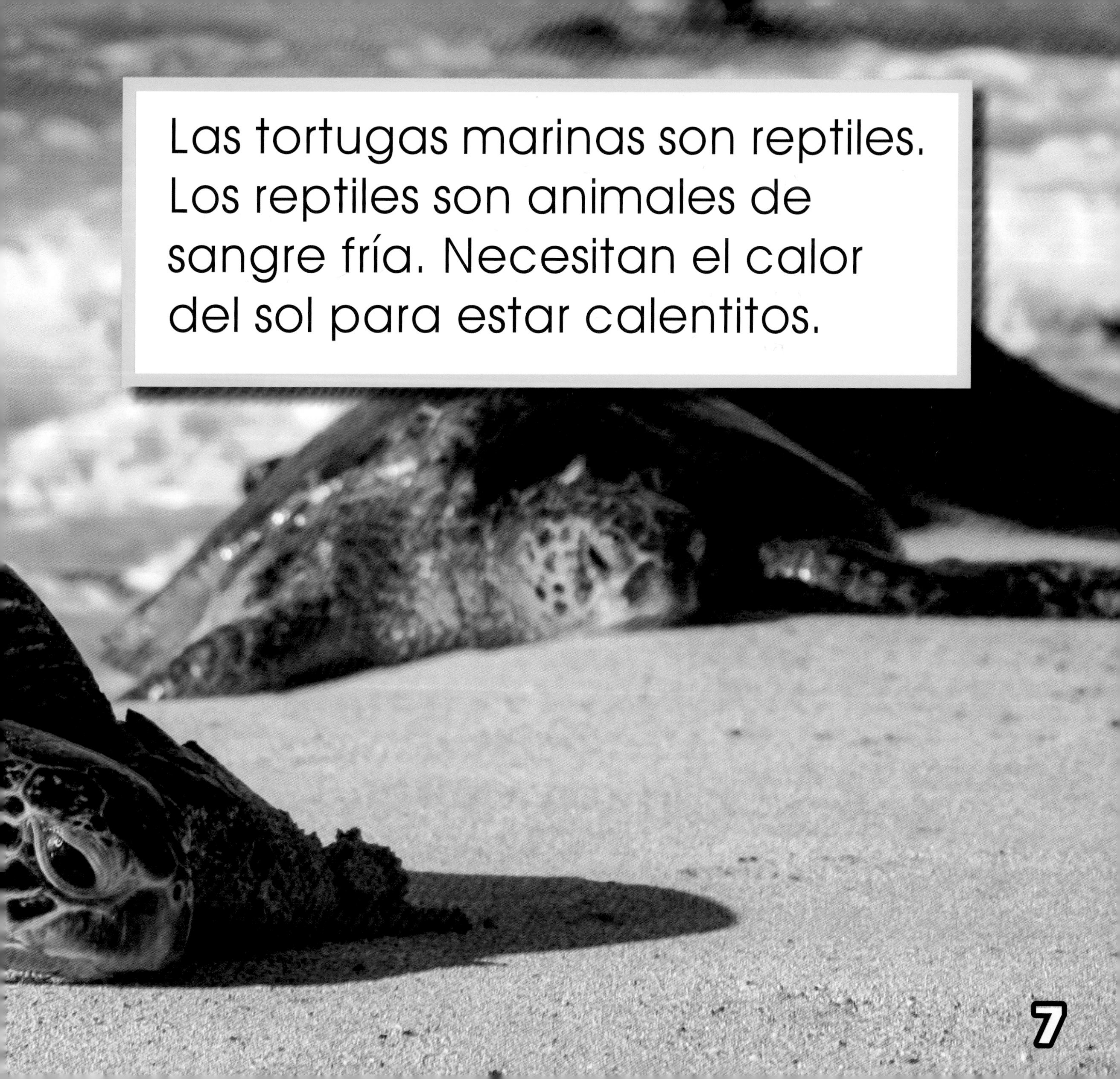

Las tortugas marinas son reptiles. Los reptiles son animales de sangre fría. Necesitan el calor del sol para estar calentitos.

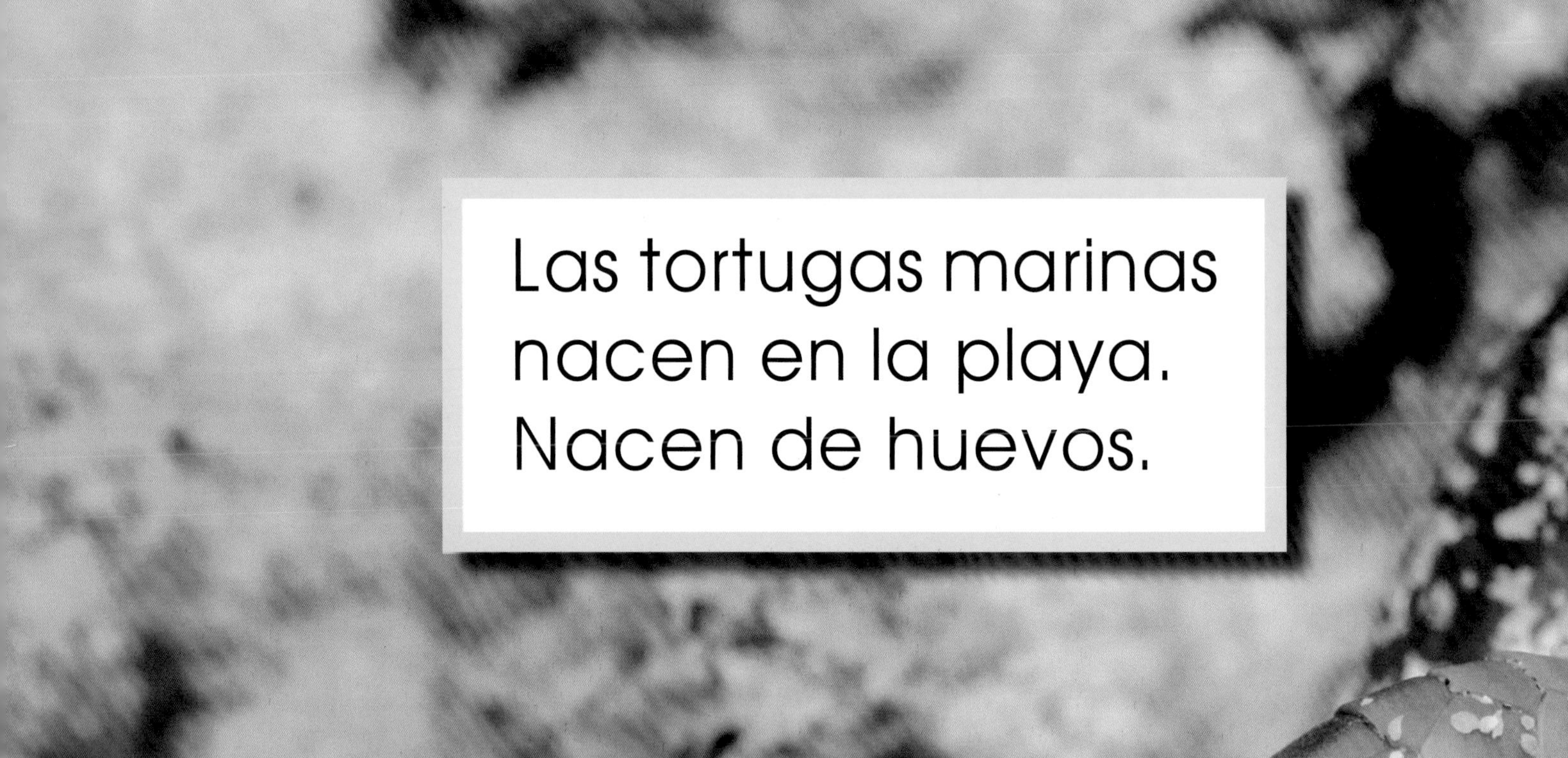

Las tortugas marinas nacen en la playa. Nacen de huevos.

La tortuga marina bebé usa su nariz curva para romper el cascarón.

Las tortugas marinas bebés se llaman crías. Las crías se arrastran hasta el océano cuando nacen.

Las tortugas marinas jóvenes pueden nadar miles de millas desde el lugar donde nacieron. Viven y crecen solas por muchos años. Los que estudian a las tortugas los llaman "los años perdidos".

14

Las tortugas marinas adultas pueden medir más de 7 pies de largo. Pueden llegar a pesar lo mismo que un velero.

Las tortugas marinas pueden vivir más de 80 años.

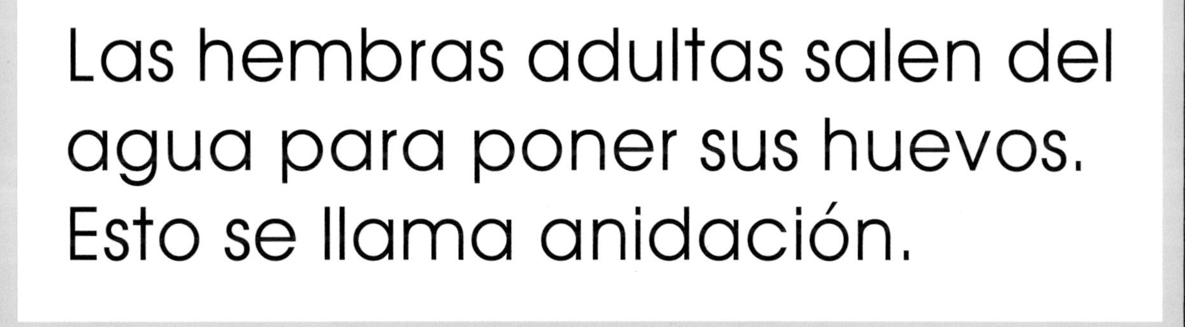

Las hembras adultas salen del agua para poner sus huevos. Esto se llama anidación.

Algunas tortugas marinas nadan miles de millas para anidar en la playa donde nacieron.

18

Una tortuga marina hembra puede poner hasta 200 huevos juntos. Los esconde en la arena para protegerlos.

El huevo de la tortuga marina tiene el tamaño de una pelota de ping-pong.

Hay siete clases de tortugas marinas. Cada clase de tortuga marina puede tener diferente tamaño y color. Las crías tendrán el tamaño y color de sus padres.

Cuestionario sobre los ciclos de vida

Pon a prueba tus conocimientos sobre el ciclo de vida de las tortugas marinas con este cuestionario. Observa estas imágenes. ¿Qué etapa del ciclo de vida ves en cada imagen?

Huevo Cría
Tortuga joven Tortuga adulta

¡Visita www.av2books.com para disfrutar de tu libro interactivo de inglés y español!

Check out www.av2books.com for your interactive English and Spanish ebook!

1. **Entra en www.av2books.com**
   Go to www.av2books.com
2. **Ingresa tu código**
   Enter book code

   E847524
3. **¡Alimenta tu imaginación en línea!**
   Fuel your imagination online!

www.av2books.com

Published by AV² by Weigl
350 5th Avenue, 59th Floor
New York, NY 10118
Website: www.av2books.com

Library of Congress Control Number: 2015954052

ISBN 978-1-4896-4473-2 (hardcover)
ISBN 978-1-4896-4475-6 (multi-user eBook)

Printed in the United States of America in Brainerd, Minnesota
1 2 3 4 5 6 7 8 9 0 20 19 18 17 16

042016
101515

Project Coordinator: Jared Siemens
Spanish Editor: Translation Cloud LLC
Art Director: Terry Paulhus

Weigl acknowledges iStock and Getty Images as the primary image suppliers for this title.